Dirección Editorial:
Mariana Vera

Coordinación:
Natalia Méndez

Jefa de Producción:
Stella Maris Gesteiro

Diseño gráfico:
Helena Homs

Corrección:
Silvia Villalba

Schujer, Silvia
    Lucas y Simón van a la playa / Silvia Schujer ; ilustrado por Huadi - 1a ed. -
Buenos Aires : Sudamericana, 2006.
    32 p. : ilustr. ; 25x19 cm (Los Caminadores)

    ISBN 950-07-2786-2.

    1. Narrativa Infantil Argentina. I. Huadi, ilustr. II. Título
    CDD A863.928 2

Impreso en la Argentina.

Queda hecho el depósito
que previene la ley 11.723.
© 2006, Editorial Sudamericana S.A.®
Humberto I° 531, Buenos Aires, Argentina.

www.sudamericanalibros.com.ar

ISBN 10: 950-07-2786-2.
ISBN 13: 978-950-07-2786-0.

LUCAS Y SIMÓN VAN A LA PLAYA

SILVIA SCHUJER

Ilustraciones:
HUADI

La familia de Lucas había crecido.

De ser sólo tres –una mamá, un papá y un Lucas– pasaron a seis. Como alguno recordará, además de la tortuga Griselda, nació Simón, el bebé de la casa, y apareció Ticholo, el perro que en el cuento anterior se comió la torta. Salir de vacaciones, entonces, se convirtió en un trabajo difícil. Una aventura que, a pesar de los riesgos, los padres de Lucas se animaron a enfrentar.

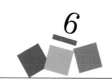

El proyecto fue el de ir a una playa y, apenas le pusieron fecha, empezaron los preparativos: meter ropa en las valijas y llenar bolsos de todos los tamaños con mamaderas, pañales, libros, toallones, reposeras, sombrilla, plato del perro, correa, sombreros, cremas, aceites, flotadores, cantimploras, mate, termo y juguetes, especialmente baldes, baldecitos, moldes, moldecitos, palas, palitas y rastrillos.

Durante los preparativos, la casa de Lucas pareció de mudanza. Hasta que llegó el día esperado, cargaron el auto y se fueron.

Cargar el auto fue el primer gran momento.
Porque hubo que meter tantos bártulos –entre
personas y cosas– que faltó espacio para la
tortuga. "¡Noooooooooooooooooo!", me dirán
ustedes, "¡¿Cómo no va a entrar una tortuga?!"
Y ¿saben qué? No entró. Hubo que asegurarla con
cinta de embalaje en el techo y transportarla así.
(A propósito, a Griselda le gustó tanto la velocidad
y el vientito en la cara que cuando llegaron a la
playa no hubo forma de convencerla para que
bajara del auto.)

Pero vayamos a lo nuestro: las vacaciones.

Desde que llegaron a la costa, Lucas, sus padres,
Ticholo y Simón no pasaron un solo día sin ir a la
playa. Y fue justamente en la playa donde
ocurrieron los hechos.

Los hechos

Resulta que la playa a la que fueron de vacaciones Lucas y su familia estaba llena de arena y de olas. Nada extraordinario, ya sé, pero ¿cómo les explico? Las olas eran la gran diversión adentro del mar. Y la arena, afuera.

Para meterse en el agua, los padres de Lucas habían llevado un flotador por cada hijo y otro para el perro, un chaleco salvavidas que Ticholo nunca usó porque los perros nacen sabiendo nadar y nunca se olvidan.

Para la arena, en cambio, fueron los mismos chicos los que decidieron qué llevar y cargaron una cantidad de baldes, palas y moldes como para construir un rascacielos.

Las primeras construcciones fueron tortas. Llenaban baldes con arena húmeda y los daban vuelta con cuidado para que la obra resultara perfecta. Y aunque las tortas casi nunca salían enteras, ninguno se preocupaba demasiado: otra de las diversiones que compartían los hermanos era desarmar lo que armaban.

Ticholo, que siempre había sido el preferido de Lucas, estaba molesto con la situación. Su dueño jugaba con el hermano y de él no se acordaba ni el loro. (Ni el loro ni la tortuga que, como ya dijimos, no quería bajarse del techo del auto.)

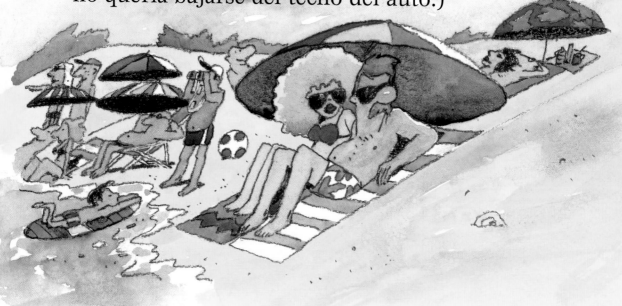

Pero volvamos a Ticholo. Para llamar la atención, hacía todo tipo de gracias: cavaba pozos y se enterraba hasta el cuello, se ponía anteojos negros, se mojaba en el mar y después se revolcaba en la arena hasta convertirse en milanesa... En fin, un abanico de piruetas que hacían reír a todos menos a su amo.

Finalmente Ticholo tuvo una idea y gracias a ella logró unirse al grupo. ¿Que cuál fue la idea? Muy simple: ir a buscar agua con un balde y volcársela a los chicos para mojar bien la arena. Genial. Desde entonces las construcciones de Simón y de Lucas resultaron mucho mejores y las vacaciones de Ticholo, también. Entre los tres levantaron montañas altísimas que hasta decoraron con algunos caracoles.

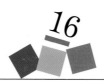

Una tarde, contagiados por el entusiasmo de sus hijos, los padres de Lucas les pidieron permiso para jugar con ellos. Y los chicos, medio asombrados pero contentos, dijeron que sí.

Ahí nomás el papá de Lucas agarró una pala, marcó un cuadrado y dentro de ese cuadrado alisó bien la superficie.

–Sobre este suelo –dijo haciéndose el ministro– se alzará un gran castillo.

La mamá de Lucas, por su parte, se dedicó a juntar un montón de arena húmeda y cuando vio que tenía bastante, empezó a darle forma con sus propias manos.

–Lo mío va a ser un barco –anunció.

Lucas y Simón se acomodaron para ver cómo jugaban sus padres (los habían dejado sin juguetes) y Ticholo, que no soportaba estar quieto, ayudó transportándoles agua.

Una hora más tarde, así estaban las cosas:

—Mamá, tengo frío...

—Papá, tengo hambre.

Dos horas más tarde, éste era el paisaje:

- en la playa no quedaba casi nadie
- el sol se metía en el mar
- el mar se despedía de la tarde
- el viento empezaba a enfriarse
- dos chicos se envolvían con lonas y
  toallones mientras un perro tiritaba
  entre ellos
- una señora dibujaba ventanitas en un barco
  de arena mientras, también con arena, un
  hombre terminaba la torre de un castillo y
  pataleaba contento.

Una hora después de esas dos horas, así seguían las cosas:

- la noche cubría la playa
- el olor y los ruidos del mar ocupaban el aire
- el hombre y la mujer se tiraban puñaditos de arena, se reían y seguían jugando
- dos chicos dormían acurrucados contra unos bolsos mientras un perro –extenuado– dormía entre ellos.

A la mañana siguiente, cuando Lucas entreabrió los ojos, creyó que estaba soñando, que se había equivocado de planeta o que lo habían cambiado de cuento sin avisarle. Así que los volvió a cerrar.

Cuando –lleno de curiosidad– igual prefirió despertarse, los ojos se le abrieron como girasoles y se encontraron con esto:

- Que en la playa sólo había una sombrilla, la de su familia.

- Que a su lado dormían Ticholo y Simón. Plácidos.

- Que los rodeaba un castillo de arena, dos puentes, canales, murallas, poblados y un barco transatlántico mirando hacia el mar.

- Que sus padres no estaban a la vista.

Y ya estaba Lucas a punto de asustarse cuando de pronto los vio: de espaldas y abrazados en la orilla, su mamá y su papá se besaban suavecito.

LOS CAMINADORES

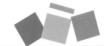

Lucas y una torta de tortuga
S. Schujer
Huadi

¡Ay, Renata!
E. Smania
V. Cis

El cuerpo de Isidoro
E. Valentino
C. Rodríguez

Vacaciones de dinosaurio
M. Weiss

Caracol presta su casa
A. M. Shua
Pez

Para cuando llueve
Canela
C. Legnazzi

¿Quién corre conmigo?
R. Kaufman
Bianki

El capitán Croissant
L. Freitas / C. Leiro
O'Kif / MG

Los Pomporerá
L. Devetach
M. Rojas

Un regalo delicioso
A. Pez
R. Cubillas

Esta edición de 4.000 ejemplares
se terminó de imprimir en
Indugraf S.A.,
Sánchez de Loria 2251, Bs. As.,
en el mes de noviembre de 2006.

www.indugraf.com.ar